看見我的好
文／孟瑛如、楊佩蓁
圖／張芷育
英文翻譯／吳侑達

我是棵禿頭禿腦的樹，從出生就看著周遭各式各樣茂盛的樹！

一直以為自己的光禿是天然，一直以為享受別人的樹蔭是應然！

直到其他同時出生的小樹漸漸長出各種圓潤、嫩綠、脈絡俱全或是顏色姿態各異，但總是生機盎然的各式小樹葉時，才慢慢察覺自己的不同！

別的小樹愈長愈高且枝葉豐厚，無形的距離與負向的標籤也就隨之而來。爸爸媽媽用他們粗大的枝葉不斷催促我，要我快快長大。我知道爸媽很愛我，但他們卻不懂我，我怎麼會不想長成跟別人一樣呢？

即使我用盡方法，也只能長出幾片別人認為很奇怪而無用，我卻覺得非常驚喜且與眾不同的樹葉！

我的樹葉是不被認可的！大家可以寫字，但我只會畫畫！

我曾經努力的看一些書，其中我最喜歡的是《醜小鴨》。我懷疑自己是不是一隻天鵝，卻長在鴨子的圈子裡呢？別人可以用樹枝寫出漂亮的字，我卻只能畫出繽紛的線條，看起來像許多圖畫散落在紙上，而不像一個個規規矩矩的字。

同伴們愈長愈高大遮住了陽光，我感覺在森林裡的呼吸愈來愈困難，享受不到陽光，看不到同樣高度的夥伴，找不到相同呼吸頻率的朋友！我好寂寞！

在森林裡，每棵樹都是各自生長著，我是一棵樹，我也得靠自己！

我慢慢的傾斜，用各種別的樹所認為不可能的姿勢生存著，只為接受其他茂盛樹葉縫隙中遺漏進來的一線陽光，讓我與眾不同的樹葉得以用其他樹察覺不到的緩慢速度繼續成長著！

有一天，在我獨自畫畫，別的樹都在揮舞他們美麗且長滿樹葉的樹枝通過各種數學、語文能力考試時，貓頭鷹老師發現了我！

貓頭鷹老師說，若是可以畫圖，就能夠寫字，只要把字想成各種圖，慢慢的畫出來就可以了！他在別的森林裡也看過像我這樣獨特的樹！

我照著貓頭鷹老師教我的方法，慢慢學會了寫字。我用樹枝畫著，一開始我的字沒有筆畫概念，看起來很醜，但可以讀。

貓頭鷹老師拯救了我，他說我是偏才！意思是我不用花時間去找自己的專長，不像別的樹是通才，總要花時間去找出自己的專長及興趣。我比較不需要花力氣去找，因為我的專長單純又美好！

別的樹好奇我是怎麼學會寫字的，我總是告訴他們：

「給我鏤空字，
我會慢慢描，
我會靜靜寫，
用盡我純淨的努力，
找出屬於我的人生軌道。」

爸爸媽媽好奇我是怎麼學會寫字的，我總是告訴他們：

「不要催，不要急，
我能學，我能長，
只是用不同的方法，
只是在不同的時間。」

別的老師好奇我是怎麼學會寫字的，我總是告訴他們：

「給我規則，給我策略，別給我放任，
相信累積，相信努力，別相信奇蹟，
告訴我如何做，別問我為什麼，
我會是那飽滿豐潤的樹葉，
一片、兩片、三片慢慢的綻放。」

我現在是森林裡最獨特的一棵樹，也是我自己心裡認為最好的一棵樹！

・給教師及家長的話・

父母及教師通常都是愛孩子的，但我常覺得不只要愛，還要能懂！懂得如何給他們適性的愛，懂得如何讓孩子活得自在；懂得增加相處時間，而不是增加要求；懂得不要比較，而是好好教孩子，給他們機會！《看見我的好》描述的是學習障礙類別中較少見的書寫表達障礙，這類孩子因為在學習輸出管道上有問題，所以常會伴隨閱讀或情緒問題，繼而喪失學習自信。抄聯絡簿時可以花上一小時，遇到聽寫評量或作文等任何有關書寫表達的活動，都容易情緒失控，且努力寫出來的字會有少筆畫、左右顛倒或是字型散亂、沒有筆畫概念的現象。只要是考聽寫或是寫作活動的相關課程，對他們來說就像是世界末日來臨，會呈現連仿寫都有困難、會仿寫但不知字彙意義，或是無法寫出完整通順句子的情形，讓人看得心疼！

幸而電腦、手機與平板電腦已成為現代人生活中隨手可得的科技產品，這些科技產品本身即設定有一些輔助視聽或書寫的程式或功能，例如語音朗讀及鏤空字練習等均是。而透過像是 Google Chrome 瀏覽器，可從 Chrome 線上應用程式商店下載各種語音輔助軟體，即可讀出正在瀏覽的電子檔或網站內容，這也是學校目前針對閱讀及書寫表達障礙學生常使用的機器報讀服務方式；也可以使用日常生活認知學習中常見的高頻字，以鏤空字呈現的方式，讓有書寫表達障礙的孩子描寫。描久了以後，常見的字便會如同圖畫般自然浮現在腦海中，就像書中主角般改善自己的書寫表達能力。教師及家長、甚或小朋友自己可以試試看採用下面幾頁所提供的方式，讓孩子使用報讀服務解決閱讀問題，或者透過練習鏤空字來改善書寫表達的問題喔！

在融合之愛的領域裡，每位孩子都可以學，只是可能會使用不同的策略，在不同的時間，或是不同的場合。讓孩子學會愛自己、珍惜自己！當父母或教師看見孩子的特殊性，也就同時看見了他們的潛能，便進而能讓他們看見自己的好。讓天賦自由，是我們能給孩子最珍貴的人生資產之一！

報讀服務

電腦、手機與平板電腦為現代人生活中隨手可得的科技產品，這些科技產品本身即設定有一些輔助視聽程式或功能，語音朗讀即是其中一項。Windows的「朗讀程式」會閱讀螢幕上的文字，並描述你使用電腦時所發生的部分事件（例如：出現錯誤的訊息）。目前系統內建的語音提供朗讀英文、法文、中文等服務。Apple系列產品Mac、iPad、iPhone，於開啟語音功能後，可以閱讀網頁、郵件。Google Chrome 瀏覽器則可從 Chrome 線上應用程式商店下載各種語音輔助軟體，讀出正在瀏覽的網站內容。

本書內容雖主要針對書寫表達障礙，但許多這類孩子也同時會伴隨識字問題，而報讀服務是針對識字閱讀障礙兒童使用最普遍的學習輔助方式，為考量孩子需求，故本書在附錄中一併提供該項策略說明。教師或家長可以用下面的方法教導孩子，讓他們學會自己採用電腦輔助的報讀方式，進行日常生活中各項需要閱讀的工作！

Apple Mac

- 點選「蘋果」選單 ➡「系統偏好設定⋯」➡「聽寫與語音」➡「文字到語音」。
- 勾選「當按下按鍵時朗讀所選的文字」，依照預設，當按下 Option + Esc 鍵時即會啟用朗讀功能。若要選擇不同的按鍵，請按一下「更改按鍵⋯」，同時按下一個或多個變更鍵（Command、Shift、Option 或 Control）以及另一個按鍵，然後按一下「好」。
- 若要讓Mac開始朗讀，請按下指定按鍵；若要停止朗讀，請再次按下按鍵。當按下按鍵時，如果文字已選取，系統會朗讀所選文字。否則，系統會朗讀現用視窗中的可用文字項目，例如：若「郵件」是現用視窗，系統會朗讀一封電子郵件；若沒有可用的文字項目，就會聽到嗶聲。

Apple iPhone、iPad

・點選「設定」➡「一般」➡「輔助使用」➡「語音」，並加以設定。

輔助使用　語音

朗讀所選範圍

「朗讀」按鈕會在您選擇文字時出現。

朗讀螢幕

用兩指從螢幕上方向下滑動來聆聽螢幕內容。

聲音

朗讀速度

Google Chrome

- 點選「應用程式」➡「線上應用程式商店」➡搜尋「Select and Speak 文字到語音」，安裝後即可使用。
- 本程式為擴充套件，目前需收費$29～$599（每件），使用了真人語音品質來朗讀瀏覽器中任何被選定的文字，並可以設定男聲／女聲、速度。
- 目前支援包括中文、英文、日文、韓文、德文、法文等十六種語言。

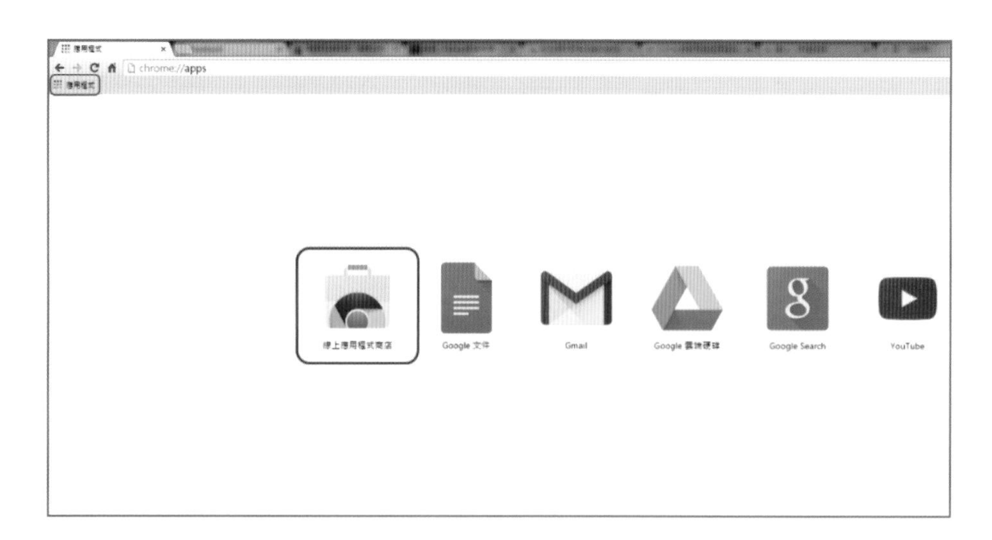

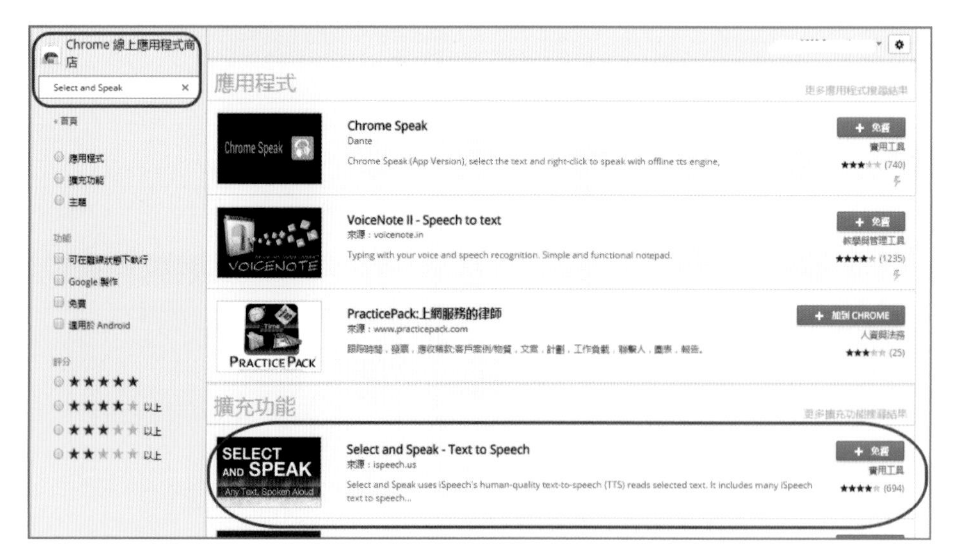

高頻字與鏤空字

教師及家長可以將日常生活認知學習中常見的高頻字，以鏤空字的方式呈現，讓有寫字障礙的孩子描寫，如同本書中主角般改善自己的書寫表達能力。教師及家長可以試試看採用下面的方式，幫孩子（或教會孩子）製作自己的鏤空字並加以練習喔！以下先敘述如何尋找高頻字，再介紹如何製作鏤空字。

尋找高頻字

- 使用Google搜尋關鍵字「八十七年常用語詞」，進入「八十七年常用語詞調查報告書」的主頁面後，點選「貳、統計表」，其中即有各種分類的字頻表，例如：依字頻、詞頻、部首、筆畫等，可以依據需求按分類找尋。

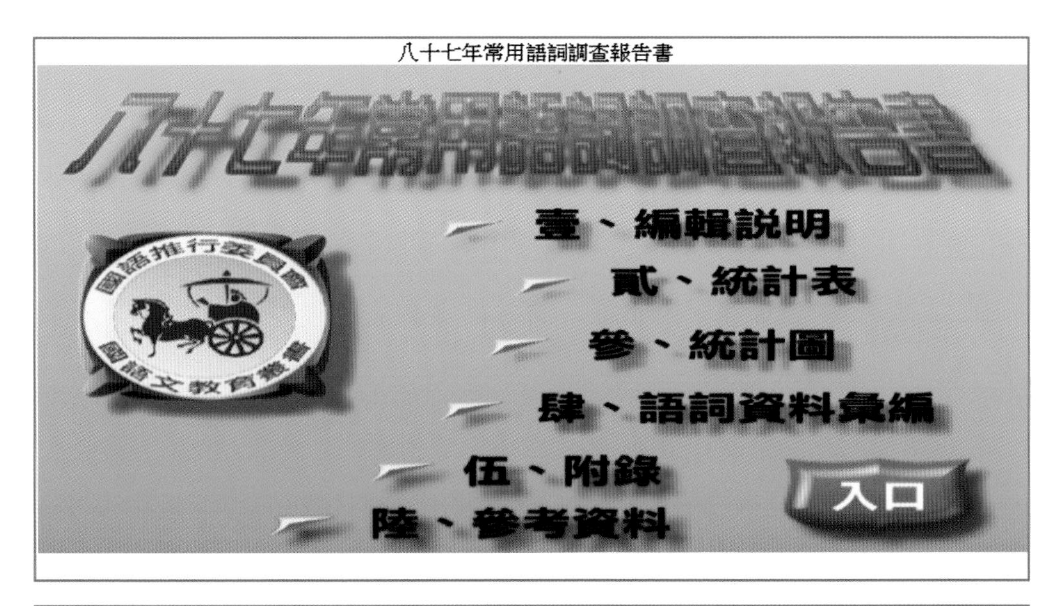

貳、統計表

1、字頻總表(部分)
2、詞頻總表(部分)
3、本字彙表部首出現情形說明表(依二一四部首序排列)
4、本字彙表部首出現情形說明表(依各部首使用頻次高低序排列)
5、本字彙表筆畫出現情形說明表(依筆畫多寡序排列)
6、本字彙表筆畫出現情形說明表(依各筆畫使用高低序排列)
7、本字彙表音節統計表(部分)
8、本字彙表聲母符號出現情形說明表
9、本字彙表韻母符號出現情形說明表
10、本字彙表聲調符號出現情形說明表
11、本字彙表聲、韻出現頻次比對表(依出現頻次高低序排列)

製作鏤空字（適用於 Word 2010 或後續版本）

・**方法一**：在空白文件上打出任何需要鏤空的字 ➡ 選取將要製作為鏤空的字 ➡ 按滑鼠右鍵，選擇「字型」 ➡ 選取「文字效果」：在「文字填滿」選擇「**無填滿**」、「文字外框」選擇「**實心線條**」（可修改線條色彩及寬度），按下「確定」後即完成。

・**方法二**：在空白文件上打出任何需要鏤空的字 ➡ 選取將要製作為鏤空的字 ➡ 在工具列的「常用」處，按下「字型」右方的箭頭 ➡ 選取「文字效果」：在「文字填滿」選擇「**無填滿**」、「文字外框」選擇「**實心線條**」（可修改線條色彩及寬度），按下「確定」後即完成。

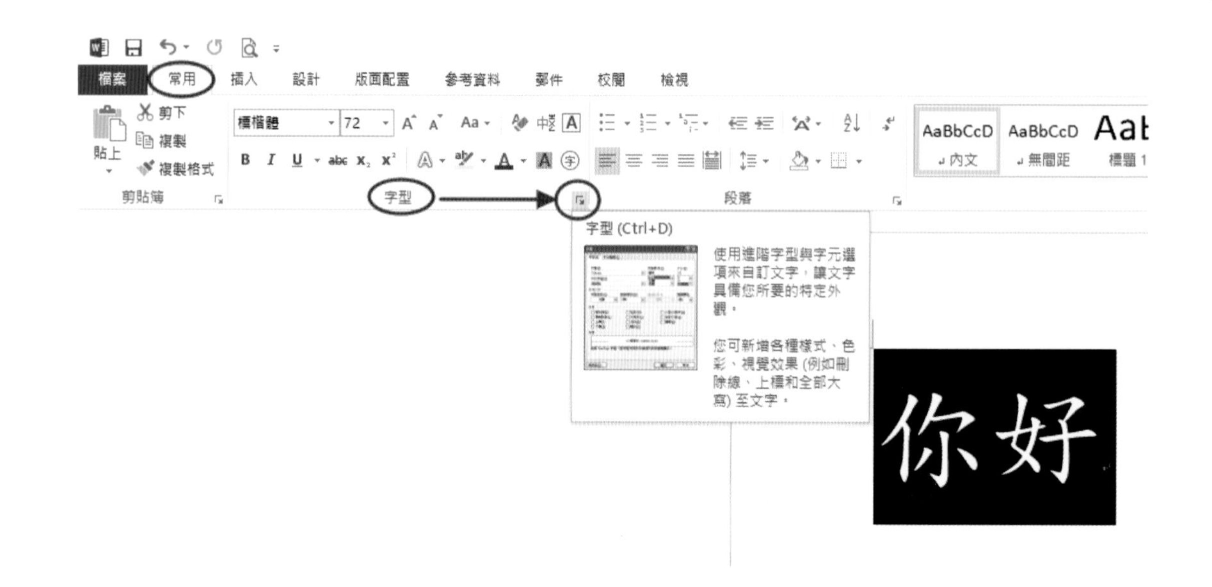

完成範例：

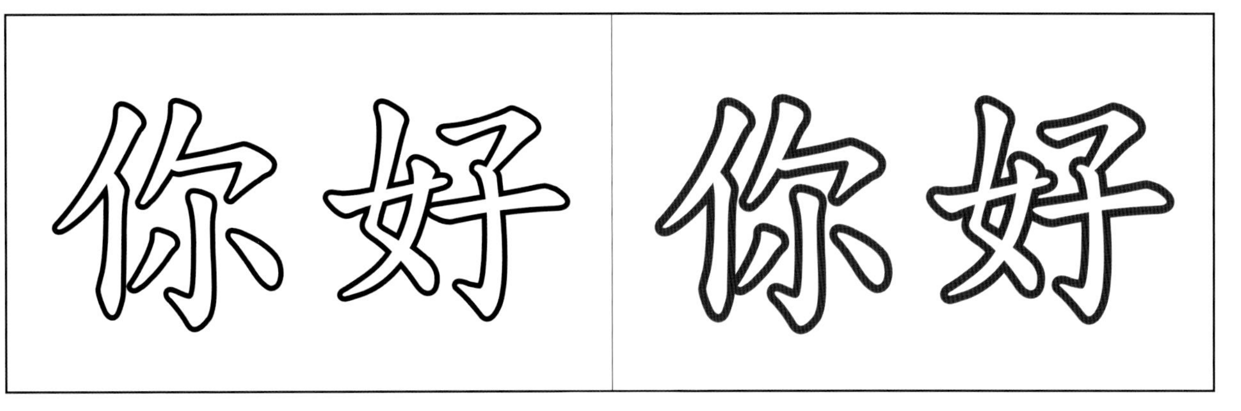

註：Word 2007 使用相同步驟，選擇「字型」後，在「**效果**」下方選取「**外框字**」，按下「確定」後即完成。

See the Good in Me
Written by Ying-Ru Meng & Pei-Chen Yang
Illustrated by Jhih-Yu Chang
Translated by Arik Wu

I was a tree that did not grow tall and green, and I always thought it was normal to look like that, and to live in the shades of the other trees around me. However, when other little trees of my age started to grow leaves that were green and healthy, I began to realize we were different.

As they grew taller and greener, an invisible distance started to emerge between us and many negative comments also came along. Daddy and Mommy pressed me with their hard sticks, hoping me to grow faster. I knew they loved me very much, but they definitely did not know me well.

How could I not want to be greener and taller?

I tried everything I could, only to grow a couple of leaves that were seen as weird and useless by the other trees. I, however, thought my leaves were unique and surprisingly beautiful!

The other trees did not recognize my leaves. They could write with their leaves, but with mine, I could only draw.

I tried to read some books, and *The Ugly Duckling* was my favorite. I wondered if I was the swan that was accidentally born among a bunch of ducks. Why were the other trees able to write neatly, while I was only able to scribble?

As the other trees grew higher, they blocked the sunlight from shedding all over me. I felt suffocated. I wished I had friends of the same height as I was! I wished I had friends that understood my situation! I felt so lonely!

Deep down, however, I knew I had to rely on myself just like every other tree did. I started growing in ways unimaginable to other trees. All in hopes to reach the sunlight that I needed, so that my unique leaves could continue growing.

One day, when I was scribbling alone during the math and language exams, Teacher Owl noticed me.

He told me that if I could draw, I could write, too. The tip, lies in imagining every Chinese character to be a beautiful drawing. He said there were trees like me in other woods.

Thanks to Teacher Owl, I became familiar with writing little by little. At first, I did not follow the rules of stroke order, so my handwriting did not look good, but it was certainly understandable!

Teacher Owl's encouragement has made all the difference! He told me that I had a talent in a specific field, which means I do not have to be a generalist, because I have my own speciality.

The other trees wondered how did I learn to write and I told them:

"Teach me how to write, and I will learn,
Slowly and concentratively, with all my heart,
And eventually, I will find my own way."